글 김바다

우주의 충만한 에너지를 느끼며 지구의 아름다움에 감탄하며 살아가고 있습니다. 출간한 책으로 그림책 《이우 왕자》 《좋은 날엔 꽃떡》《목화할머니》, 동시집 《별을 훔치다!》《수달을 평화 대사로 임명합니다》《로봇 동생》《수리수리 요술 텃밭》《안녕 남극!》《소똥 경단이 최고야!》, 창작동화 《돈돈왕국의 비밀》《가족을 지켜라!》《지구를 지키는 가족》《시간 먹는 시먹깨비》, 지식정보책 《생존을 위한 먹거리 식량》《우리는 지구별에 어떻게 왔을까》《햇빛은 얼마일까》《쌀밥 한 그릇에 생태계가 보여요》《내가 키운 채소는 맛있어!》《건강을 위한 먹거리 채소와 과일》《북극곰을 구해 줘!》 등이 있습니다. 제8회 서덕출문학상을 수상했습니다.

그림 신성희

디자인 대학원에서 일러스트레이션을 전공했습니다. 디자인 회사에서 캐릭터 디자이너로 일했고, 지금은 그림책 작가로 활동하고 있습니다. 지은 책으로 《딩동거미》《딩동거미와 개미》《딩동거미 대작전》《괴물이 나타났다!》《안녕하세요!》《뛰뛰빵빵》《까칠한 꼬꼬 할아버지》 등이 있고, 그린 책으로 《똑똑똑, 야옹이 교실》《미운 동고비 하야비》《인사해요, 안녕!》《도깨비도 문화재야?》《잉어 복덕방》《땅콩은 방이 두 개다》 등이 있습니다.

감수 장이정규

세상의 작동 원리가 궁금해 천문학을 공부했고, '기후위기의 과학'이 알려진 후에도 바뀌지 않는 세상에서 무엇이 사람을 바꾸게 하는지 알고 싶어 생태심리학을 공부했습니다. 집단의 서사를 바꾸기 위해 우주진화사를 생태전환의 세계관으로 전하는 일과 생태불안·기후우울을 다루는 워크숍을 열고 있습니다. 우주, 생태, 치유 분야의 통번역을 꾸준히 해왔습니다. 지은 책으로 《우주산책》, 번역한 책으로 《공동의 집》《자비로움》《경이로움》《살아있는 미로》 등이 있습니다.

우주의 여행자
쌍둥이 보이저호

ⓒ 김바다·신성희, 2024

1판 1쇄 펴낸날 2024년 10월 10일
글 김바다 **그림** 신성희 **감수** 장이정규
총괄 이정욱 **출판팀** 이지선·이정아·이지수 **디자인** 수정에디션 김선희
펴낸이 이은영 **펴낸곳** 빨간콩 **등록** 2020년 7월 9일(제25100-2020-000042)
주소 서울시 노원구 동일로242길 87 2층 **전화** 02-933-8050
전자우편 reddot2019@naver.com **블로그** blog.naver.com/reddot2019
ISBN 979-11-91864-50-2 77810

• 신저작권법에 따라 한국 내에서 보호를 받는 저작물이므로 무단 전재와 무단 복제를 금합니다.

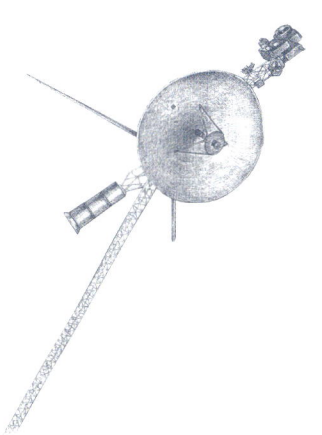

우주의 여행자
쌍둥이 보이저호

김바다 글 신성희 그림 장이정규 감수

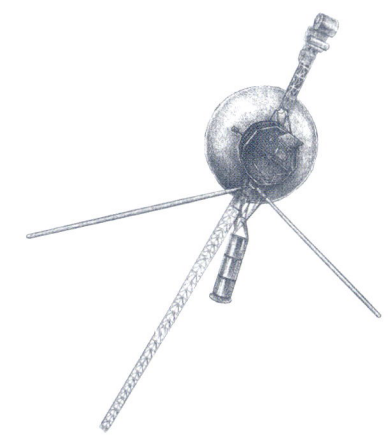

1976~1980년은 목성, 토성, 천왕성, 해왕성이 일렬로 줄을 서는 시기입니다. 176년 만에 '행성 정렬'이라는 우주쇼가 펼쳐지는데요. 행성 간 거리가 짧아져 한 번의 탐사선 발사로 행성들의 비밀을 밝힐 좋은 기회가 온 것입니다. 미국항공우주국(NASA)은 탐사선을 보낼 '보이저 계획'을 세웠지요.

제트추진연구소에서 쌍둥이 보이저호를 제작했어요.
쌍둥이 보이저호의 임무는 태양계의 거대 행성들과 그들의 위성을 탐사하고,
태양계를 벗어나 더 멀리 우주로 날아가는 것입니다.

혹시 만날지 모르는 외계 생명체에게 지구의 존재를 알리기 위해
지구의 위치, 사람과 지구의 사진, 여러 나라의 인사말,
동물의 소리, 음악 등 많은 정보를 황금 레코드판에 담았습니다.

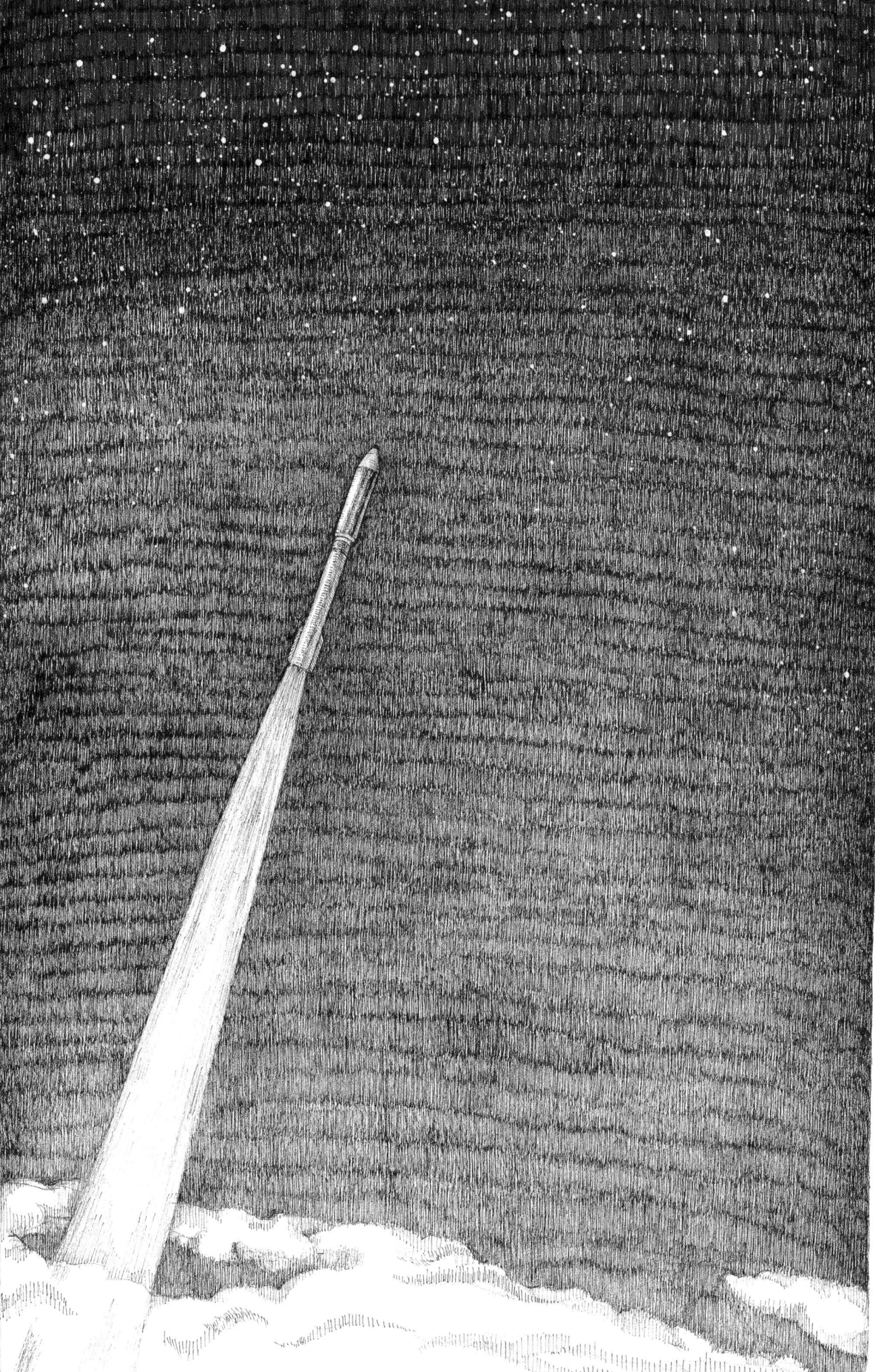

쌍둥이 보이저호는 목성과 그 위성들을 탐사한 후
목성의 중력도움(swing by)을 받아 토성까지 날아갑니다.
중력도움은 그 행성의 중력을 활용하여 속력을 얻은 뒤 튕겨 나가는 것입니다.
연료를 거의 사용하지 않고도 속력을 얻어 빨리 날아갈 수 있지요.
보이저호는 장비를 움직이고, 사진을 찍고, 지구로 전송하기 위한 최소한의 전력을
방사성동위원소 열전 발전기에서 얻습니다.

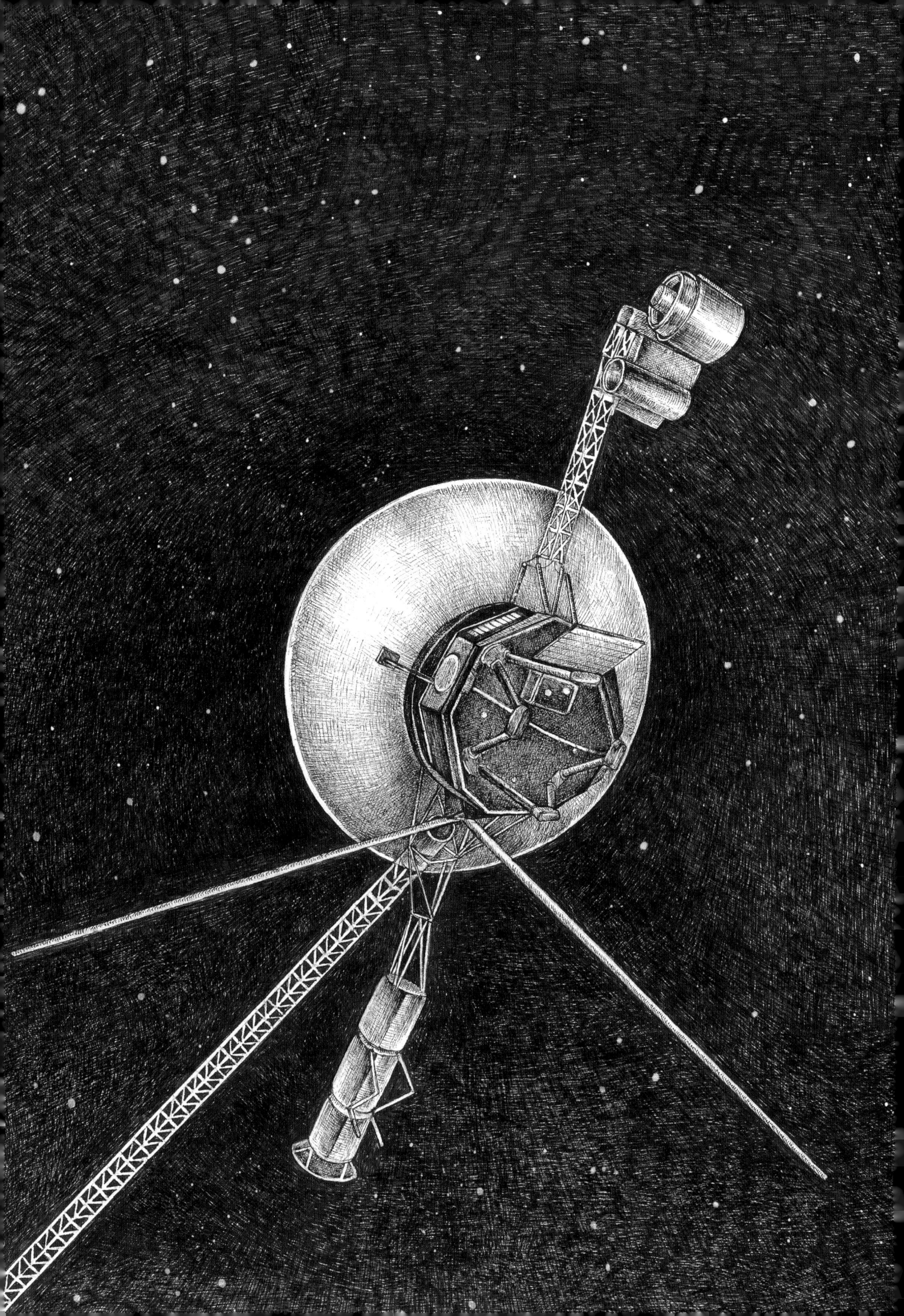

보이저 1호는 직선거리로 날아가 보이저 2호보다
4개월 먼저 목성에 도착했습니다.
아름다운 줄무늬와 지구 2개가 풍덩 빠질 만큼
큰 붉은색 점에 최대한 가까이 가서 촬영했어요.

신비롭기만 하던 소용돌이치는 큰 붉은색 점은 가스들의 거대한 폭풍이었습니다.
큰 붉은색 점 근처에는 소용돌이가 끊임없이 일어나고, 소규모 폭풍들도 일어나고 있었어요.
또 극지방의 아름답고 커다란 오로라는 번쩍번쩍 번개가 치는 것처럼 보였습니다.
목성 둘레를 감싸고 있는 고리도 찾았어요.

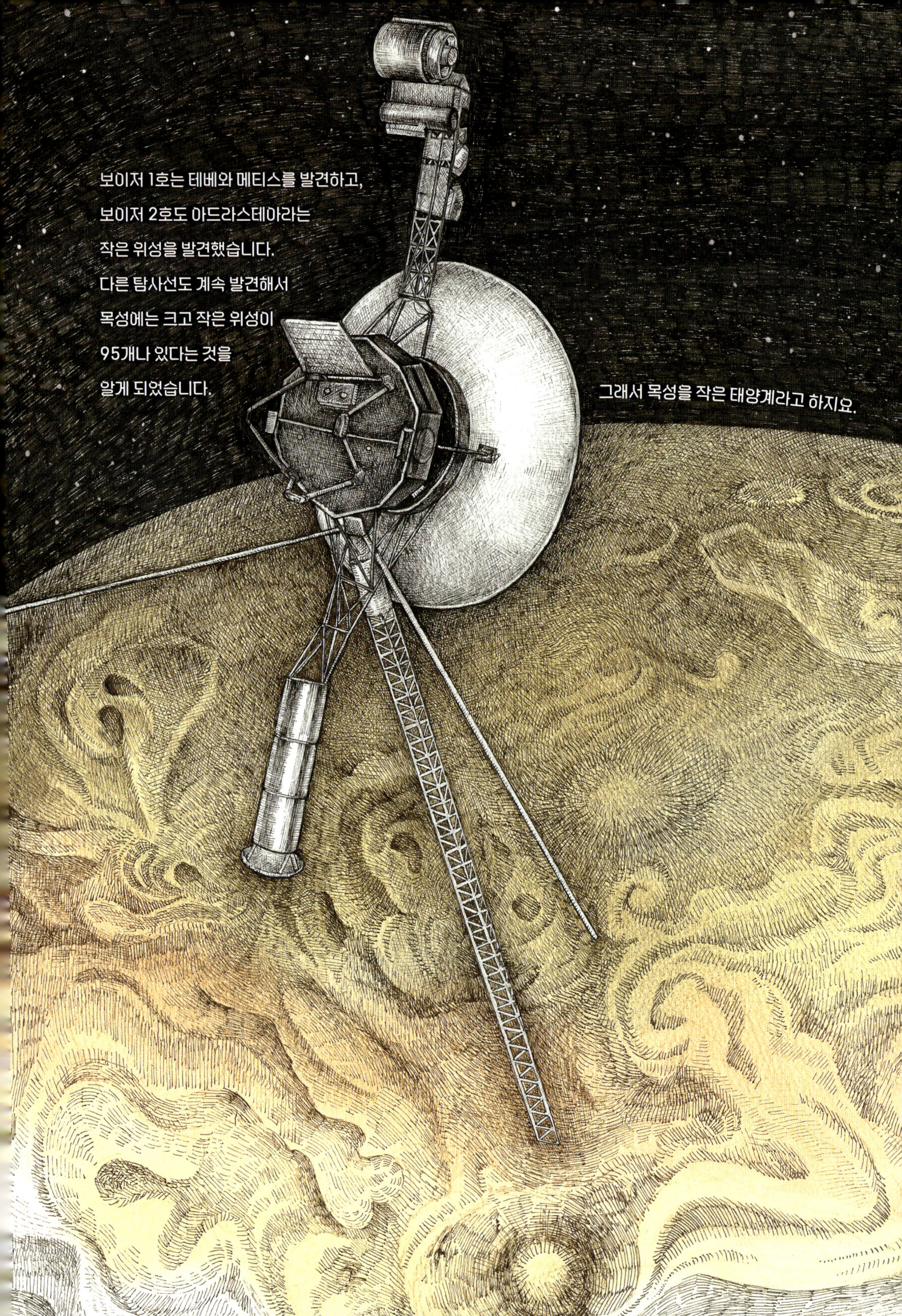

보이저 1호는 테베와 메티스를 발견하고, 보이저 2호도 아드라스테아라는 작은 위성을 발견했습니다. 다른 탐사선도 계속 발견해서 목성에는 크고 작은 위성이 95개나 있다는 것을 알게 되었습니다.

그래서 목성을 작은 태양계라고 하지요.

과학자들은 태양계가 생성될 당시 목성의 크기가 조금만 더 컸다면 중심에서 핵융합이 일어나 제2의 태양이 되었을 거라고 말합니다.

보이저호는 목성의 위성 중 이오, 가니메데, 칼리스토, 유로파를 자세히 탐사했어요.
태양계에서 가장 큰 위성인 가니메데에서는 암석과 얼음을 발견하고,
칼리스토에서는 거대한 폭발 흔적과 크레이터를 찾았지요.

칼리스토

목성에 가장 가까운 붉은 위성 이오에서는 폭발 중인 화산을 아홉 개나 발견하고, 400개 이상의 화산이 흩어져 있다는 놀라운 사실도 발견했어요.

유로파

보이저 1호는 지구에서 가장 사랑받는 태양계의 보석, 토성 탐사를 시작했어요.
목성을 탐사할 때보다 네 배 더 가까이 토성에 접근했습니다.
토성의 고리들은 상상했던 것보다 훨씬 넓고 컸으며, 무척 정교하고 아름다웠어요.
고리들은 떠도는 얼음과 크고 작은 암석 조각들로 이루어져 있었습니다.
강한 중력에 부서진 위성의 잔해물이 만들어낸 훌륭한 작품이었지요.

토성은 고리 때문에 작아 보이지만, 지구의 9.5배나 되는 거대 가스 행성입니다.
'토성을 바다에 띄우면 둥둥 뜬다'고 농담할 정도로 큰 덩치치고는 밀도가 낮지요.
145개의 위성을 거느리고 있어서 '달부자'라는 별명도 얻었어요.
보이저 1호는 태양계에서 두 번째로 큰 위성인 타이탄도 탐사했습니다.
타이탄을 찍은 사진을 보고 과학자들은 대기에 질소가 풍부하고,
표면에는 에탄과 메탄이 흐를 것으로 추측했지요.

보이저 1호보다 늦게 도착한 보이저 2호도 토성의 구석구석을 탐사했어요.
토성에는 초속 500m의 폭풍이 분다는 것과
수천 개의 가는 고리가 모여서 토성의 고리를 이루고 있다는 것도 알아냈습니다.
토성의 위성들은 타이탄을 제외하고는
얼음으로 덮인 작은 위성들이라는 것도 확인했어요.

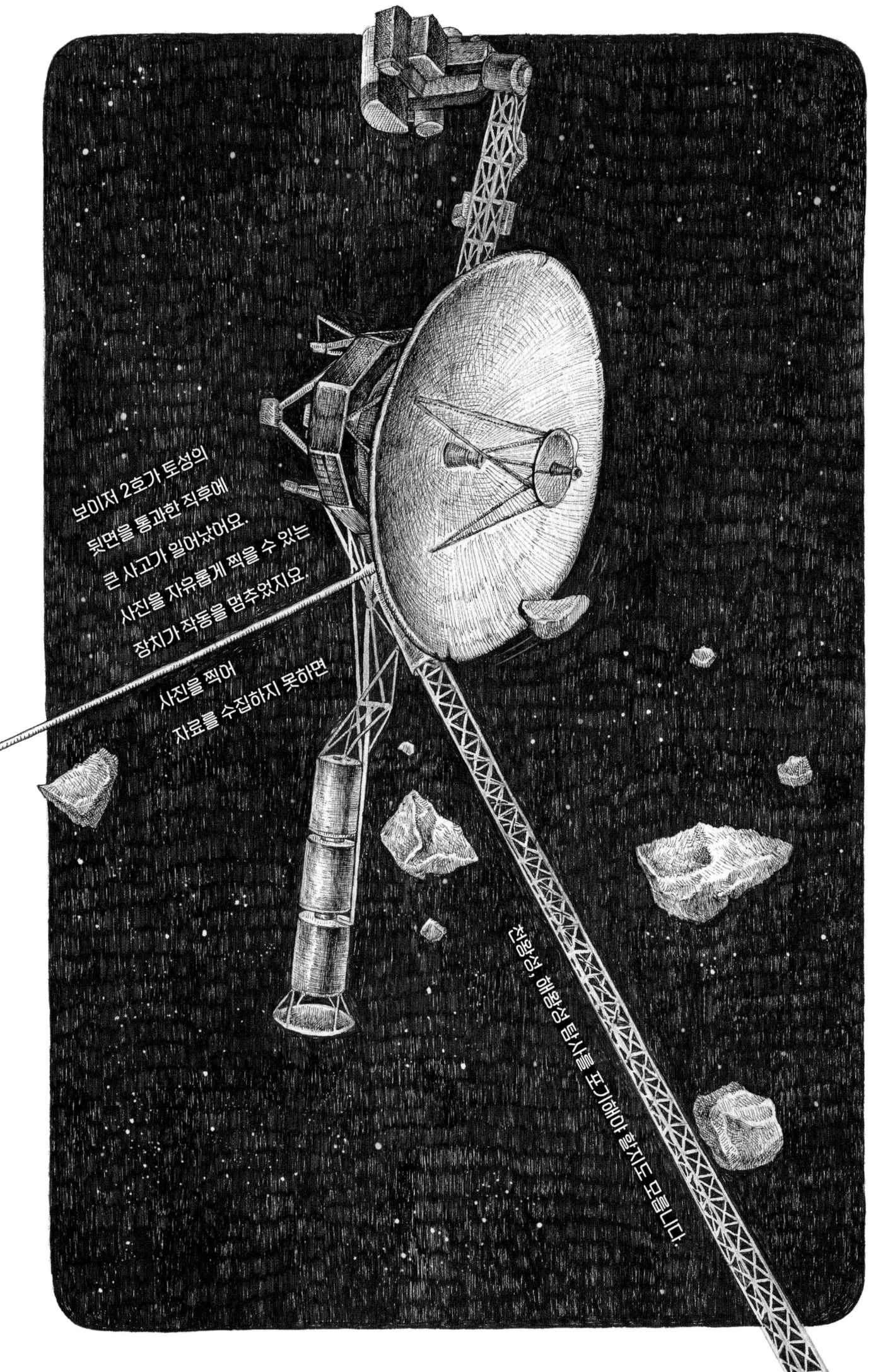

제트추진연구소에서는 문제를 해결하기 위해 보이저호의 복제품 탐사선을 가동시켰습니다.

고장 난 부분을 가열하고, 냉각하기를 반복해서 결국 보이저 2호를 제대로 움직이는 데 성공했어요.

보이저 2호는 토성 탐사를 마치고, 4년 4개월 동안 날아서 천왕성에 도착했습니다.
한 달간 근처에 머물며 천왕성에 자기장이 있다는 사실을 처음으로 알아내고,
목성, 토성과 다른 고리 9개를 발견했지요.
위성 10개를 더 찾아내어 모두 15개가 되었습니다.

보이저 2호는 천왕성을 떠나 해왕성을 향해 날아갔습니다.
해왕성의 존재는 관측이 아닌, 천왕성의 궤도를 계산하다가 발견한 행성이에요.
수학 계산으로 행성을 발견하다니 놀랍지 않나요?
과학자들은 메탄가스 때문에 바다처럼 푸른 빛을 내는 해왕성을 보고 탄성을 질렀습니다.
"두 개의 밝은 고리를 두른 행성의 수줍은 모습은 마치 예술가가 만들어낸
아름다운 작품을 보는 듯하다!"
보이저 2호는 6개의 위성을 찾아내어 총 13개의 위성이 있다는 걸 확인했어요.
시속 1,930km로 부는 바람도 확인하고, 트리톤은 영하 235℃로
태양계에서 가장 추운 위성이란 것도 알아내었지요.

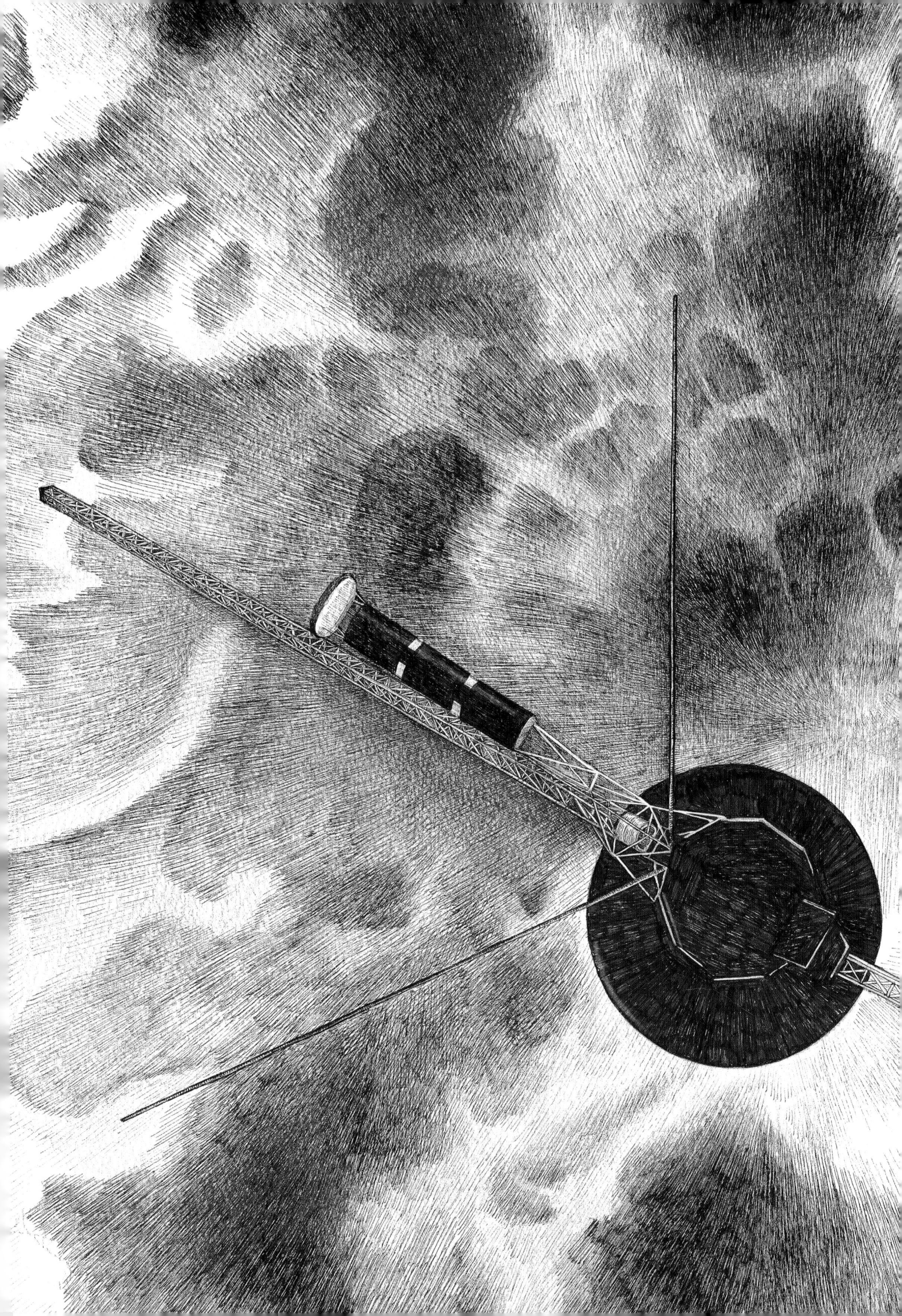

1980년 12월, 나사의 과학자들은 보이저 1호가 토성 탐사를 마치자
태양계 정보를 더 알아내라고 확장 탐사 임무를 주었어요.

"태양계 외곽 지역(헬리오스피어)을 탐사하라,
태양풍을 조사해라, 성간 물질을 관측해라."

5년이던 임무 기간도 12년으로 연장되었습니다.
보이저 2호도 해왕성 탐사를 마치고, 1989년 10월에 성간 탐사를 시작했어요.

1990년 2월 14일에 보이저 계획 영상과학팀에 있던 칼 세이건 박사는
명왕성 부근을 지나던 보이저 1호의 망원 카메라를 지구로 돌려 사진을 찍게 했어요.
자칫 망원 카메라가 강렬한 태양 빛에 망가질 수도 있는데 크나큰 모험을 한 것입니다.
지구로부터 60억km 떨어진 지점에서 찍은 사진을 본 지구인들은 깜짝 놀랐지요.
"한없이 커 보이는 지구, 우리가 살아가는 지구가 하나의 점이었다니!"
칼 세이건 박사는 다음과 같은 명언을 남겼습니다.
"지구는 우주에 떠 있는 보잘것없는 존재에 불과하다고 사람들에게 알려 주고 싶었다."
그러고는 이 점을 '창백한 푸른 점'이라고 이름 붙였어요.

또 보이저 1호는 지구와 해왕성, 천왕성, 토성, 목성, 금성을 찍어
태양계 가족사진을 완성했어요.
가족사진에는 여섯 행성이 모두 점으로만 보였습니다.

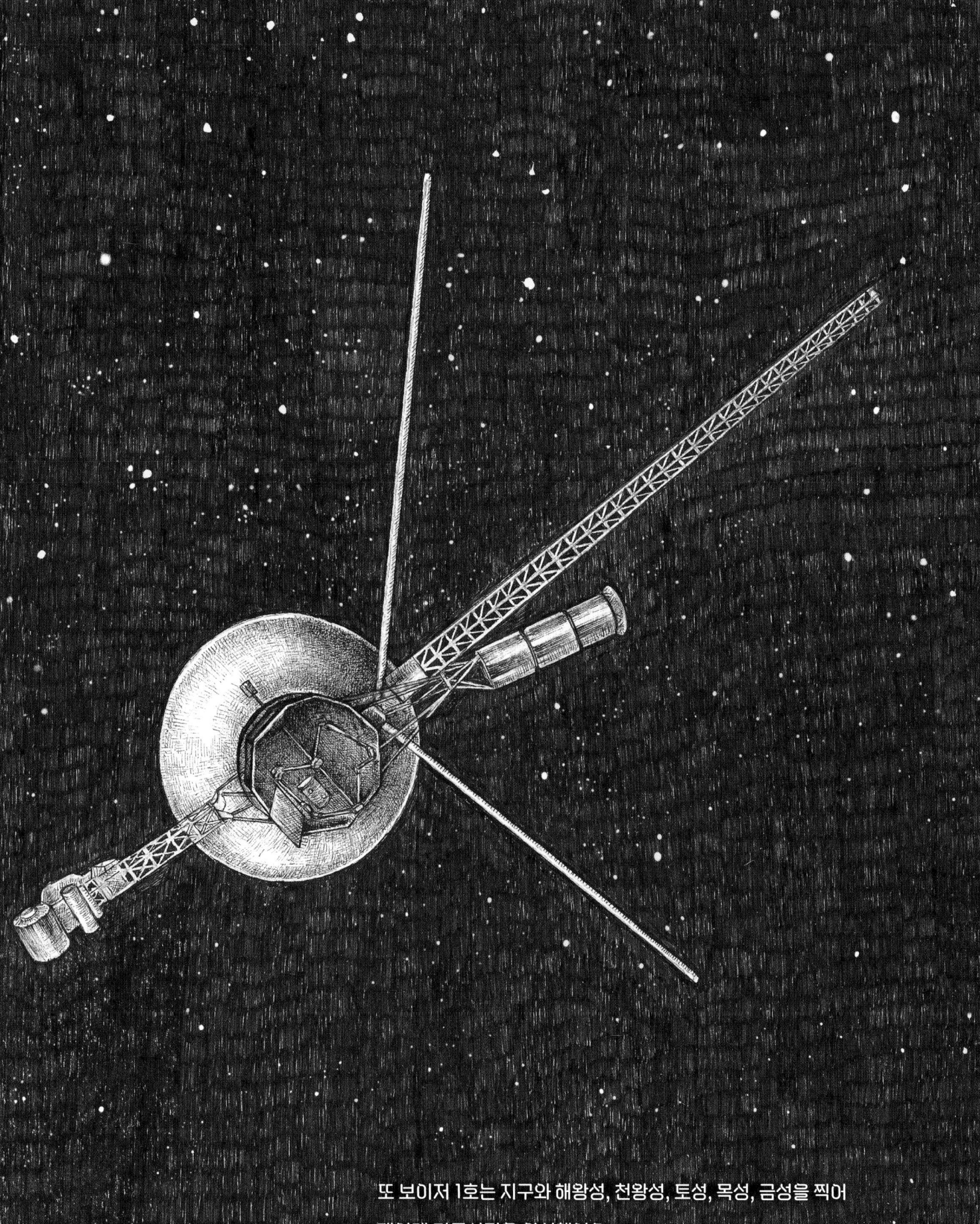

쌍둥이 보이저호는 이 순간에도 쉬지 않고 우주로 날아가고 있습니다.
시계 겸용 라디오를 작동하기에도 부족한 전력으로
우주의 비밀을 풀 정보를 쉬지 않고 전송하고 있어요.
얼마 전에는 보이저 2호가 보내온 자료를 바탕으로
태양권계면이 뭉뚝한 탄환의 끝부분과 비슷하다는 걸 밝혀냈습니다.
보이저호는 앞으로 5년 이상은 작동할 것으로 예상하지만
수명을 다하면 성간우주에 진입할 후속 탐사선이 없습니다.
나사(NASA)의 과학자들은 보이저호의 수명을 하루라도 더 연장하기 위해
최소한의 유지 장치만 남기고 전원을 끄고 있습니다.

"장거리 여행자란 이름처럼 지구에서 가장 먼 우주로 여행 중인 쌍둥이 보이저호!
오랫동안 깜깜한 우주로 날아가면서 가끔 그곳의 소식도 전해 줘!
너희들이 탐사한 업적, 영원히 잊지 않을게!"

인류 역사상 가장 먼 거리를 항해한
우주탐사선 쌍둥이 보이저호의 끝없는 여정

오른쪽 사진은 태양권을 통과한 보이저 1호와 보이저 2호의 모습입니다.
보이저 1호는 2012년에, 보이저 2호는 2018년에 태양권계면,
즉 태양권의 가장자리를 통과했습니다.
천왕성, 해왕성 등 태양계 바깥쪽 행성을 모두 탐사하고
은하 공간에 진입한 것입니다. 태양으로부터 수백억 킬로미터나 떨어진
우주의 춥고 어두운 환경에서도 여전히 작동 중인 보이저 1호와 2호는
2030년에 모든 관측 장비의 운영이 종료될 전망입니다.

- **헬리오스피어(Heliosphere) 태양권.**
  태양풍 solar wind 과 태양 자기장이 지배하는 공간으로 태양계 외곽 지역.
- **헬리오포즈(Heilopause) 태양권계면.**
  태양의 영향력이 끝나는 태양권의 외부 경계. 성간매질 별과 별 사이의 공간을 채우고 있는 물질 의 압력과
  태양풍의 압력이 균형을 이루어 태양풍이 멈추는 경계면.
- **헬리오시스(Heliosheath) 태양권 덮개.**
  태양계 가장 바깥에서 태양계를 감싸고 있는 영역.
- **터미네이션 쇼크(Termination Shock) 말단 충격.**
  태양에서 날아온 태양풍과 외계우주의 성간매질이 최초로 만나 충격파가 발생하는 영역.
- **성간우주(Interstellar)**
  태양계의 끝 항성과 항성 사이의 공간. 이곳에 분포되어 있는 물질을 성간물질이라고 함.